체면

시작시인선 0413 체면

1판 1쇄 펴낸날 2022년 2월 25일
지은이 오서윤
펴낸이 이재무
책임편집 박찬세
편집디자인 민성돈, 장덕진
펴낸곳 (주)천년의시작
등록번호 제301-2012-033호
등록일자 2006년 1월 10일
주소 (03132) 서울시 종로구 삼일대로32길 36 운현신화타워 502호
전화 02-723-8668
팩스 02-723-8630
홈페이지 www.poempoem.com
이메일 poemsijak@hanmail.net

ISBN 978-89-6021-617-4 04810
978-89-6021-069-1 04810(세트)

값 10,000원

*이 도서는 2020년도 아르코문학창작기금 지원 사업에 선정되어 발간된 작품입니다.

체면

오서윤

천년의 시작

시인의 말

누구가의 나
나의 누군가

수시로 흔들리는 주소이다

화해를 꿈꾼다

마침표를 찍지 않으면
시인의 이름으로 당신에게 닿을 수 있을까

차 례

제2부 태양족을 본다

제3부 알제리 악사

제4부 천국은 낮다

해 설

제1부 간절한 틈

체면

막, 죽음을 넘어선 지점을 감추려
서둘러 흰 천으로 덮은 익사자
최초의 조문이 빙 둘러섰다

발을 덮지 않는 것은 죽은 자의 상징일까
얼굴은 덮고 발만 내놓았다
다 끌어 올려도 꼭 모자라는 내력이 있다

태어날 때 가장 늦게 나온 발
저 맨발은 결국 물을 밟지 못하고 미끄러졌다
복사기처럼 훑어 내리던 흰 천
끝내 남은 미련을 뚝 끊듯 발목에 걸쳐져 있는 체면
가시밭길을 걷고 있거나
아니면 용케 빠져나와 눈밭을 지났거나
물길을 걷다가 수습되어 왔을 것이다

발은 죽어서도 끊임없이 걷고 있어 덮지 않는 것일까
만약 발까지 덮어 놓았다면
자루이거나 작은 목선 한 척이었을 것이다
경계는 저 물속이 아닌

신발을 가지런히 벗어 둔 곳인지 모른다

발이 나와 있으므로 익사자다
고통도 화장도 다 지워진 얼굴은
체면이 없다
누군가 흰 천을 끌어당겨 체면을 덮어 준 것이다

공터의 풍경

공터에 내리는 비는 구겨진 절기가 느릿합니다
버려진 액자가 있고
시든 난 한 포기 비에 젖고 있습니다
빗줄기가 지나가고 뿌리를 잡고 있는 바위에
푸른 이끼라도 살아날 듯합니다.
반짝, 비가 갠 허공엔 햇볕이 따뜻합니다
소슬하게 바람이라도 불었는지
흔들린 난 잎 주변에 먹물이 번져 있습니다
골목을 막 들어선 봄의 등 뒤로 아지랑이 배접이 구불구
불하고
몇 년 아니, 몇 십 년쯤 피었을
꽃대가 피곤해 보입니다
붉은 노을이라도 세 들어 있는지
낙관엔 오래 흔들린 악력이 가물거립니다

낡은 시선만 가득한 풍경,
떠나온 벽의 경사가 누워 있습니다
어쩌면 저 풍경의 크기만 한 흰 공터를
벽에 남겨 놓았을지 모르지요
상실의 흔적들이란 저렇듯 각이 져 있을지도 모릅니다

>

공터의 담벼락이 비스듬히 그늘을 만들고 있고
풍경화 한 점 걸리는 호사를 누리고 있습니다
아이들의 웅성거림이
공터의 배접으로 드러눕는 시간
모두 저녁으로 걸어 들어갑니다
이제, 어떤 풍경도 액자에 들어갈 수 없다는 듯
캄캄해지고 있습니다

허물어진 것들은 따뜻하다

인부들이 건물 잔해를 태운다
목재로 지어진 한 칸의 집이 끝까지 피한 것은 불이었다
오래된 집의 뼈대일수록 활활 타오른다

드럼통 위에 지구를 덥힐 듯이 둥글게 뭉쳐져 있는 불길
못 박혔던 자리 맞물렸던 자리 지탱을 견뎌 온 고정들이
풀어지고 있다
어디에 저렇듯 유연한 품성이 있었을까

오랜 뜨거움을 품고 있었던 집의 본성
오늘 제 순서를 풀고 있다
해체되는 것들, 먼지 한 채로 다시 건축 중이다

못 자국이 격자로 구부러진 곳마다
옹이 같은 시간으로 남은 분리의 흔적들
추위와 맞설 때 불씨를 놓치지 않았던 바닥과
질긴 구습들과 긴 동선의 불편을 새긴 발자국이
길항의 시간과 함께 붉게 타오른다

이제 추위를 막았던 것들은 먼지가 되어 날아갔다

뼈대가 성한 목재들이 한곳에 가지런히 쌓여 있다
어디선가 다시 불의 씨앗들을 품거나 퍼뜨릴 것이다

마지막까지 집을 지키고 있던 불씨들이 몰려나와
몇 사람의 손과 등을 녹이고 있다
따스함을 끝까지 놓지 않았던
저 집의 일생은 불이었다

은빛 보행차

저 노인은 서고 싶을 때 설 수 있는 날들이 많지 않다

노인의 외출과 동행하는 은빛 보행차,
생의 마지막 공궤를 받들 듯
의자가 달린 보행기를 모시고 간다
비어 있는 의자에 깜빡거리는 경적과 푸른 보행의 시간이 앉아 있다
걸음걸이가 지리멸렬할수록
바퀴가 굴리는 공회전이 많아진다
의자는 다리를 받치는 부속물
수시로 찾아오는 퇴행의 증세들,
휘청거리는 걸음과 날카로운 통증을 모셔 들인다

언제부턴가 가야 할 길이 점점 짧아지고 있다
끝이 보이지 않는 골목 귀퉁이가 한 생처럼 휘어져 있고
처마 밑 그늘에 햇살 걸음도 잠시 쉬어 간다
이제 마지막 의자에 통증과 나란히 앉아 있다
두 다리 위에 아이를 올려놓듯
의자를 묘지로 삼고 싶다는 듯 잔뜩 웅크리고 있다

>

노인이 다시 일어서고
남아 있는 거리를 경배하듯 굽은 몸으로 골목을 돈다
네 개의 바퀴와 굽은 허리 하나
더 이상 수리할 곳 없는 오후의 한때가
은빛 바퀴를 굴리며 가고 있다

간절한 틈

—굴곡조차 긴 선으로 만들어 버리는 견고한 사각형 몸체,
틈 사이를 비집고 들어오는 것들은 한 치의 타협도 모르는
직선의 성질을 가졌다

기도실 밖에 황철나무 한 그루 서 있다
황철나무는 몸이 틈이다
들어왔던 봄이 가을로 나와
주변의 배경이 되어 겨울로 선다
콘크리트 바닥에 나무 한 그루를 키웠던 햇살이
건조한 벽 사이로 한 계절을 다시 들여보내고 있다
경계점이 된 나무 한 그루는
저 틈과 같은 어두운 색을 지녔을 것이다
비좁은 틈으로 쏟아 내는 호흡이 뜨겁다
완강한 몸을 쪼개고 뼈를 부수고
틈 사이로 햇살을 밀어 넣은 뚝심
어둠 속에서 살짝 하얀 치아가 드러난다
빗살무늬의 날카로운 균열을 수습하는 것은
어둠을 잡아 앉힌 의자들이다

낯선 타인의 혓바닥 같기도 손가락 같기도 한 일별의 빛,
어두운 기도실을 환하게 비추고 있다

기도의 끝 문장처럼 길게 들어온 빛이
다시 황철나무에게 돌아가고 있다
저처럼 간절한 빛을 본 적 없다

번개

서쪽 하늘에 어떤 짐승이 살고 있다
흐린 날 세상에서 가장 밝은 뼈가 번쩍거린다
순간의 뼈
몸 전체를 자세히 본 사람은 없다
저 뼈는 추적추적 빗줄기가 살이다
차츰 굵어지며 몸집을 키우는
서쪽에 주소를 둔 우거진 털
냉온대가 같이 붙어 있어 뜨거운 몸뚱이와
차가운 발이 서로 밀어낼 때 뼈가 보인다
접지하는 발자국이 없으므로
공중에 부유하며 지그재그로 길을 더듬는
상상을 빗나가기 일쑤인 상상의 짐승
그러나 살점을 뚫고 흐르는 방전을 조심해야 한다
밝은 뼈에 감전되면
환한 장면 몇 개 뭉텅뭉텅 뽑혀 나온다

도시에도 온갖 문양들의 동물들이 살고 있다
차갑고 뜨거운 독설과 피뢰침처럼 뾰족한 소음들
발 없는 소문이나 혹은 나무의 허리를 꺾거나
전봇대에 바짝 독이 오른 핏발 선 눈동자로

절연의 주소를 뚫고
앞에서 옆에서 쾅쾅 내리친다
이 빠른 뼈의 얼굴은 본 사람은
아무도 없다

동호댁* 할머니 손가락엔 구구단이 산다

동호댁 할머니 손가락엔 수상한 장부가 산다
계산법을 알 수 없는 덧셈과 뺄셈이 숨어 있다
수리數理에는 없지만 가끔 세상에서 발견되는 셈법
옆집 상처喪妻와 몹쓸 사람에겐 손가락을 접었다 펴며
숫자를 솎아 내는 속 깊은 구구단이다

할머니의 손가락엔 천기를 읽는 두꺼운 달력이 산다
팥꽃이 피는 시기와 산을 넘어오는 장마
콩이 여물어 갈 때마다 할머니는 더 바쁘다
복잡한 족보와 길흉의 절기와
식구들의 생일과 오래전에 죽은 나이도 다 기억한다

갑골 문자처럼 단단한 할머니의 손등
주판알 튕기듯 못생긴 손가락 하나하나 세어 왕복할수록
할머니의 곳간이 풍성하다
이른 봄 멀리서 오는 소식을 감지하던
손가락이 파르르 떨릴 때도 있지만
어느새 넓적한 손등이 어지러운 마음을 덮어 버린다

학교 문 앞에도 못 가 본 주먹구구식이지만

할머니의 몸엔 여러 곳의 교문이 있다
차곡차곡 쌓여 있는 이름 없는 할머니의 졸업장

동호댁 할머니 돌아가시고
그 집 식구들 모두 까막눈이 되었다

* 동호댁: 나의 외할머니 정상순 여사.

나스카 라인

최초의 도형은 삼각형 아니었을까
늦가을이 제도기를 들고
먼 거리를 가로지르는 금을 긋고 나면
세 개의 모서리를 날고 있는 새들
날카로운 발톱과 부리로
서로 꼭짓점을 틀어쥐고 있는 것 같지만
흩어지려는 다른 방향을 꽉 틀어쥐고 날고 있다는 사실
그리하여 먼 거리를 날아 한곳에서 합쳐지는
세 개의 계절들

서로 조금만 몸을 틀면
전혀 다른 방향이 되는 삼각 편대
흰 깃털의 편대가 굉음도 없이 날아간다
촘촘하게 죄어 오는 기류와 간격이 하늘의 도형을 만든다
삼각은 군집의 대열 중에서 가장 길고
오래 날 수 있는 호흡법이다
꼭짓점을 물고 있는 입들은
불안을 가장 잘 읽는 도형일지 모른다

날아가는 새들은

큰 지형을 외우거나 기억하고 있다
삼각이 내려앉아 그리는 둥근 군무
오래전에 떨어진 새 한 마리
추위와 먼 비행의 거리가 새겨진 기슭의 화석으로 남아 있다

뼈도 발자국이다
수천 년의 비행이 착륙한 나스카 라인
새들이 물고 온 하늘의 발자국들이 빽빽하다

선운사 만세루

선운사 마당엔
휘어진 저녁이 저물고
동백꽃 잎 저무는 누각엔
낮은 말들이 마주 보고 있다
휘어지고 뒤틀린 바람은 이곳 찻잔에 와서 소멸한다
곧았던 것들이 휘어진다면
그것도 뒤틀린 방향이 아닐까
누군가 휘어진 아지랑이를
시주하고 갔을지도 모르지만
경내에서는 바람 배치도를 본 것도 같다

사람만큼 독한 바람이 있을까
앉아서 잠잠한 뒤꿈치가 까칠하다
만세루의 전생도 가시였을까
겹겹의 굽이를 돌아 나온 서까래와 기둥
순한 맨살이 무릎 꿇은 찻상을 마주한다
뒤꿈치가 닿는 곳마다 저녁이 붉다

잔을 비우고도 자리를 뜨지 못하는
합장하는 사람들 모두 한 채의 누각이다

가장 뒤틀린 바람이 머물다 간 경내
돌아 나가는 풍경들
그림자들은 휘어지거나 풀어지거나

난점難點

한쪽으로 살짝 무게가 기운 생이었을 것이다
어느 대代에서 손톱만큼 남은 복이 목 뒤에 박혀 있다
둥근 모양이지만 한 번도 굴러가 본 적이 없는 점
길흉 사이에 난점으로 자리 잡고 있다

앞좌석에 앉은 여자의 난독을 헤집다 보면
버스는 좀 더 흔들리고 휘어진 길을 지난다
문득 온점처럼 찍으며 거둬들이는 잡념
목덜미에 머물던 참견에는 팥알만 한 마침표면 족하다
는 듯
정차 벨이 울리고 누군가는 내린다
거울로 이리저리 비춰 보면
사람의 몸에 기생하는 별자리도 있다
한 번도 대면하지 못한 숨은 표식들
손끝 지문이 더듬으며 풀어내는 문양처럼
뒤쪽으로만 읽는 생이 있다면
저 점은 꼭 필요한 마침표다

회오리처럼 감긴 시간이 착색된 저 점은
상처가 틀림없을 것이다

가장 늦게까지 빛나는 것은
항상 주름이 없고 접히지 않는 부위에 있다
점이 고정이라면 생은 여전히 둥글다

공갈 마네킹

그는 구부러진 길 중간에서 왔다
친인척도 없고 가족도 없는 그는
같은 속도와 각도로 깃발을 흔드는
한 가지 동작을 오래 연마한 듯했다

어쩌다 모퉁이에 서 있는 생을 부여받았을까
누군가 입었던 낡고 헐렁한 옷을 껴입고
안전모와 마스크로 얼굴을 감췄지만
그의 피부는 절대 늙지 않는다
24시간 교대 없는 동작에 캄캄한 피곤이 묻어 있다
급작스러운 길의 굴절에 속지 말라는 듯
그는 붉은 방향 지시등을 흔들고 있다
사고 다발 지역이었던 곳
임무가 끝나려면 공기工期를 단축해야 한다.
뿌연 먼지를 털어 버리는 날이 아득한 것처럼
철 지난 옷을 입는 것보다
벗을 날이 참 멀어 보인다

사내가 서 있던 곳
주춤거린 속도의 흔적들이 여럿 겹쳐져 있다

한 번도 다른 동작이 입력되지 못한 몸
직장치고는 붙박이지만
도로가 평탄해지는 날 그는 철거될 것이고
어디선가 뻣뻣한 관절을 접을 때
질주의 시간은 굉음을 내며 멀어질 것이다
인부의 대역은 곧 들통이 나고 만다
사람들은 서행에 한두 번 붙잡히지만
그 후 아무도 그 길의 뻔한 수작에 속지 않았다
느릿느릿 늦더위가 가고 있었다

구체적 이유

하루가 풀코스라면 혼밥 식당은 생략의 방식이다
솔직하지 않은 하루를 모가지 묶어 버리듯
나는 간단한 저녁으로 나를 생략한다
유기遺棄엔 용기가 필요하다

물은 셀프
식은 밥은 선택
마음이 내키지 않는 온도와 벌컥, 들이켜야 하는 서비스는
구석진 자리를 차지하려는 소심한 경계심과 함께
혼밥집 단골 메뉴이다

일 인분의 하루가 더부룩하다
젓가락이 가지 않는 맛은 이미 과식이다
식당 입구에 크게 붙은 가격은 메뉴판보다 구체적이다
묻지 말아야 할 질문은 칸막이처럼 견고해서
테이블과 의자의 개수를 줄이는 주인은
주문 외엔 말을 걸지 않는다

합석과 단답형 대답이 서로 거리를 두듯
주인이 말을 걸어오는 날 다른 식당을 찾을지 모른다

>

짜거나 밍밍한 용기가

옆 사람을 생략하고 있다

배꼽

배꼽을 가지고 있다는 것은 한 번쯤
중심이 될 수밖에 없다
날카로운 메스가 지나갈 때마다 연장된 생명선
여태껏 중심을 지킨 것은 비켜 나가는 선이 아니었다
배를 가르고 꺼낸 것은 찬란한 유물,
지병의 이끼가 끼어 있었다
배꼽은 시작과 끝을 봉합한 곳이다
오래전 첫 울음을 가위로 싹둑 잘라 내고
아직도 꾸들꾸들 말라 가는 습한 곳
배꼽은 사통팔달 몸 안의 지름길이다
중심인 듯 꼭짓점인 듯 덮어 놓은 것 같기도 한
일그러진 배꼽
웅숭깊은 중심이다

눈을 뜬 것들은 다 배꼽이 있다
그 문으로 발병을 하고, 앓다가 사라진다
도굴이 많은 곳일수록 문명은 길어지고
시작과 끝을 비껴간 선이 마른 강줄기처럼 있다
지류를 따라 전염병처럼 퍼져 나간
한 생애를 대변하는 배꼽은

돌출의 입이다
그래서 모든 문명의 중심은 고루하고
썩은 냄새가 모여드는 곳이다

제2부 태양족을 본다

여울

저기, 한 마리 여울이 강을 오르고 있다
회귀하는 물고기가 되어
반짝거리는 꼬리지느러미의 힘으로 물살을 헤치고 간다
며칠 굶은 선두, 두 눈 번쩍 뜨고 있다
강의 내장은 깊고 고요하다
한 번씩 파문이 퍼져 나갈 때마다
물의 비늘들이 반짝 빛난다

비늘 속에는 작은 씨앗이 자란다
물안개가 걷히면 푸른 이끼,
비린 소리를 돌 위에 새긴다
그 돌을 들추면 물의 씨앗들이 꼬물거리고 있는 여울
아래쪽 수심엔 어린 구름이 살고
장마와 흉흉한 가뭄이 살고 있지만
여울은 쉬지 않고 강을 오른다

고요한 밤이면 물고기의 산통 소리가 멀리까지 들린다
굽이치는 곳마다 하얀 거품 내뱉으며
말간 징검다리를 휘감아 돈다
여울은 힘차게 오르는 강의 외길이다

손톱 끝 여름

저녁, 짧은 옷을 입은 여자들이 출근한다
여름의 몸들이다

라일락은 겨울에는 옷을 벗고
여름엔 옷을 입는다
여름이 가장 추운 계절이라는 뜻
어떤 꽃들은 꼭 기둥이 있어야 핀다
물기 반짝거리는 애완의 코를,
기둥서방을 사랑한다

옛날 일본에서는 게이샤를 뽑을 때
몸에 귀를 기울여 물기를 먼저 들었다 한다
쥐어짜면 주르르 물기가 흘러내리는 직업
물기가 고이는 곳은 눈동자지만
촉촉한 눈들이 몰려가는 곳마다 꽃들이 피어 있다

잔뜩 물이 오른 어제의 점괘
그러나 내일의 점괘는 이미 푸석해져 읽을 수 없다
어떻게 보면 여름보다 더 짧은 손톱 끝 거주
오래전에 물기가 끊겨 버린 집,

체납의 선들이 싹둑 잘려 있고
현관 앞 빈 그릇이 바싹 말라 있다

어느 구석기로 돌아간 미용실의 민낯들
거울 앞에서 형형색색의 물기로 치장한다
손톱 끝에 짧게 핀 여름이 있다

태양족을 본다

햇볕들이 모여드는 생드니*의 모퉁이
지난겨울, 추위의 씨앗들이 떨어져 있다
햇볕이 있는 곳이면 어김없이 모여 있는 그들은
오래전 태양족의 후예들일지 모른다
지난밤 토막 잠이 봉합되는 지점
햇살이 모로 누워 있다

상점의 유리창마다 배달되는 오전의 채광들과
대양 빛을 잘라 유통하는 오랜 직업은 모퉁이들 몫이다
동전 몇 썽띰**어치의 종소리를 받아 내는 임시직들

예열된 몸들은 밤이면 지하로 스며든다
어느 절기에 이주해 온 기억조차 없는 태양족들
깔려 있는 바닥마다 벽화들이 그려져 있다
웅크린 저 자세는 오래전 경배 자세일지 모른다

오전이 계단을 걸어 내려오고
그 계단을 밟고 천천히 올라가는 추위들
봄이 오면 모퉁이마다 집 없는 노란 민들레가 피어날 것이고
여권 한 귀퉁이 낯익은 지명에 앉아

햇살을 받는 즈음

* 생드니: 파리 시내 노숙자가 많이 모여 있는 거리.

** 썽띰: 유로 동전으로 가장 작은 단위.

곰곰한 호박

턱을 괴면 손바닥엔 호박처럼
받쳐 줘야 할 씨앗들이 촘촘히 들어찬다
턱을 괴고 있는 동안
펄럭이는 생각을 붙잡는 것은 바지랑대 같은 팔이다
턱의 말이 고여 있는 손바닥을 펴면
잠시 갸우뚱거린 생각이
비틀어 쥐었던 말을 쉬겠다는 듯 움푹 팬 자국이 있다
몇 번쯤 궁리의 씨앗이 여물어 간다
턱짓으로 불러 모은 생각 대부분은
입 안쪽에 감춰 둔 뾰족한 말들
찌그러진 턱이 동그랗게 되는 동안
초승달처럼 눈이 찢어지며
딱딱한 고집에 여러 개의 핏빛 대답이 생긴다
간혹 지루해 깜빡 졸면
까만 잠을 달고 멀리 달아나 버리기도 한다
왼쪽에 두고 왔던 생각이 오른쪽으로 쏟아질 때
줄기처럼 뻗어 나가던 모색의 꼬리를 잡아당기는 것은
쿵, 저 산으로 떨어지는 붉은 저녁
팔이 중심축을 곧추세우며
뒷전에 밀려나 있던 명백한 일들을 불러 모은다

턱을 괴고 있는 동안 손바닥엔
엉킨 줄기의 호박이 잘 여문다
잘 쪼개진 호박 속엔 한쪽으로 쏠린 눈들이
물렁물렁한 생각 속에 가지런하다

우리 남편은 스파이더맨

세상엔 드러나지 않는 정체들이 많다
남편의 옷을 빨다 보면 지워지지 않는 점액질이 있다
남편이 묻혀 온 상사의 눈치와 몇 만 볼트의 위험을 조심스럽게 문지르자 알 수 없는 올올의 행적이 촘촘하다

절연된 시간들이 거미줄처럼 퍼져 나간다
전선을 타고 다니는 스파이더맨 어깨엔
때론 한마을의 칠흑 같은 어둠과 두꺼비집이 걸려 있다

스파이더맨의 손목에서 나온 거미줄이 허공에 어지럽다
빌딩과 빌딩 사이 골목과 골목 사방으로 뿜어 댔을 허공을 가르는 촉수
살아 있는 불꽃을 분해하고 조립한다
그의 활선 작업은 멈추는 법이 없다
고압의 생들은 저 혼자서 달아오르지 않는다
미처 완수하지 못한 정의는 엉키고
선과 선의 접지마다 아이들의 얼굴이 흐르고 있다
평생 온몸을 감도는 부귀영화의 전율도 느껴 보지 못한 스파이더맨
몇 번의 감전이 십팔 평 내부를 빠져나갔다

>

악당은 늘 높은 곳에 있다
매설의 볼트를 타고 다니거나 과부하를 일으킨다
손끝을 조심하라,
피복의 안과 밖에 순간에 천 리를 가는 속도가 있다

암흑을 향해 날아가는 우리 남편이 스파이더맨인 것을
동네 사람들 아무도 모른다

독일제 행주

빨강 초록 노랑 삼색들이
독일제 행주를 볼 때마다 신호등이 생각난다
횡단보도 앞에 선 나를
콘도 분양 사무실로 데려가려는 알바들의
겨드랑이를 파고드는 비밀스러운 초대 때문일까
창을 열면 바다가 펼쳐져 있다는 고급 콘도는
언제나 손에 잡히지 않는 곳에 있고
삶을 필요 없고 질기다는 독일제 행주처럼
그들의 말은 건조하고 또 집요하다
횡재란 차 한 잔 마시는 동안
설득당해 계약까지 마치는 것처럼
혼미한 틈을 타고 사라지는 신기루일까
독일제와 독일의 조우가 어색하듯
행복과 대박은 결코 같은 선에 서지 않는다
뛸까 말까 순간의 선택처럼
신호에 걸려 깜빡거릴 뿐이다
이따금 경적 소리 같은 끼어드는 것이 있지만
우회를 거듭하다 보면 또다시 신호등 앞이다
흠과 티를 지울 수 있다는
붉은 미끼와 노랑 사은품에 흔들려

푸르게 빛나는 날들을 놓치곤 한다

푹푹 삶아 보풀투성이가 되지 않고서는
직진으로 내닫는 삶은 없다

짐승

노쇠한 짐승 한 마리,
산이 흘러내리다 멈춘 곳에 지쳐 쓰러져 있다
그때부터 짐승은 집이 된다
산에서 온기를 베어다 구들을 데우고 다시 흰 연기는 산으로 돌려보낸다
으르렁거리던 소리로 우물을 파고
빳빳이 서 있던 꼬리로 처마를 단다
앞발의 방향으로 길을 내고 길 끝에 마을이 있다
숲을 나온 빗소리와 쌓이는 눈은 아래로 흘러가게 내버려두고 사람들의 발자국을 들여 배를 곯지 않는다

숲을 버리고 내려온 지 얼마 안 되는 짐승의 몸에서는
편백 향이 났다
조금씩 완만해지는 구릉처럼
발톱과 이빨의 날 선 각도가 차츰 유순해진다

오래 누워 있던 짐승이 슬그머니 일어나 산으로 간다
이때 짐승은 빈집이 된다
짐승의 냄새가 싹 빠진 빈집에는
작고 온순한 동물이 머물다 가곤 한다

방구들을 덥혔던 척박한 누대累代 대신
벌레들 울음이 스며들고
텃밭을 일궜던 곳에 허리가 꺾인 옥수수 줄기
속을 비운 채 말라 가고 있다

햇살과 달빛이 넌출거리던 지붕 위
스멀스멀 풀들이 털처럼 돋아난다
짐승이 빠져나간 집에는 사람도 살지 않는다

엄마의 틀니

세면대 구석 컵 안에 엄마가 있다
뭔가를 씹고 있었던 것처럼 보이기도 하고
누군가와 말을 하고 있는 것 같기도 하다
진짜가 아닌 저 가짜 엄마
소화를 방해하지도, 거짓말도 모르는
순한 초식성이다
썩거나 마모되지 않는 상태로 정지한 탓일까
입천장 델 만큼 뜨거운 의지가 보이지 않는다
그래서 저 송곳니는 질기고 딱딱한 아버지를
악착같이 물어뜯은 적이 없었던 거다
치통을 달고 살았던 엄마,
언제쯤 찢고 끊는 생니의 날들을 버렸을까
공격성이라곤 조금도 없는 저작력을 얻기 위해
엄마는 침묵으로 맞섰던 것이다
거북한 입 모양을 애써 가지런히 웃을 때마다
피 냄새 뭉근한 혀끝이 조금씩 무뎌 갔을 것이다

불 꺼진 어둠 속에서
엄마가 덜거덕거리며 하루를 우려내고 있다
시리고 들떴던 상실을 기억하고 싶지 않아서

저 선홍색 잇몸은 늘 침이 말랐을 것이다

이제 늙은 엄마는 목 넘김 부드러운
유동식에 잠겨 있다

거짓말은 오른손잡이

찻잔 가장자리에
붉은 립스틱 자국, 거짓말은
아랫입술만 남는다
내 쪽에서만 볼 수 있으므로 거짓말은
남보다 내가 먼저 마셔 뜨겁다
반쪽의 말을 숨긴 윗입술과
지문을 슬쩍 떠넘기는 왼손은 결국 한통속이다

한 번 댄 입술 자리에
고온의 말들이 겉돌고 있다
가장 뜨거운 말을 뱉을 때 새어 나가지 않도록
두 손으로 찻잔을 감싼다
뜨거운 말은 홀짝거리며 식혀 먹는다
싸늘하게 식은 말은 단번에 마실 수 있다

거짓말의 시간이 받침에 고여 있다
찻잔을 내려놓을 때마다
받침의 체크무늬와 어긋나고
고개를 떨어뜨리는 말들이
하나씩 떠나기 시작한다

>

찻잔에 남는 맛은 달거나 쓰다
거짓말의 흔적은 미끈거리고
표시가 나기 마련
거짓말이 찍힌 찻잔을 닦는다
누군가, 흔적도 없이 사라졌다

빗소리만 만근滿勤이다

공구의 입들이 닫혀 있다
결번의 신호음처럼 빗소리가 뚝 뚝 떨어지는 한낮 처마엔
호출 끊긴 불안이 매달려 있다

빗방울 속에 반나절치 품삯이 고였다 떨어진다 터진다
검고 빨간 달력의 날들
오늘도 빨간 날이다
평일은 점점 지워지고 모두 공일空日이 된다
공일이 많은 달력은 일당처럼 가볍다

평일의 소란은 출근하고 없다
세차게 내리는 비는 말일로 갈수록 커지는 숫자처럼 무겁다
불편한 휴일의 늘어진 시간이 일일일일一日一日
그날이 그날을 업고 있다
빨강 동그라미는 아내의 생리일이다
아내의 월력은 아직 싱싱하다
삼십 일 주기로 공전하는 고지서를 닮았다

아내가 켜 놓고 나간 오디션 프로그램 심사 위원이 말한다
캐스팅하지 않겠습니다

>

궂은 날은 공구를 캐스팅하지 않고 공구들 또한 나를 캐스팅하지 않는다

오늘은 어떤 담도 늘리지 못했고

어떤 톱질도 없었다

빗소리만 만근이다

눈을 가리다

아이는 생일이 지나자
죽은 생선의 눈이 무섭다고 했다
촛불 끄기 위해 입김을 모은 입술처럼
동그랗게 뜬 파문 없는 생선의 동공을
바다을 알 수 없는 공허로 읽을 나이가 된 까닭이다
쉽게 보이는 것들과 좀처럼 보이지 않는 것들 사이엔
몇 번 눈을 비빈 핏발 선 거리가 있다
아버지처럼 반쯤 눈을 감는 것은 가장 멀리 보는 호흡
이때 눈은 마음과 동의어이다
초점이 흐릴수록 아주 먼 곳부터 밝아 오는지
가 본 적 없는 살점의 어둠은
점점 익숙해져 온몸으로 대면하고
너무 많은 것을 담고 있는 아버지의 응시는
죽은 생선의 눈처럼
무채색이어서 늘 건조하다
아버지는 아이의 두려움을 애써 외면하며 저 반대편,
눈 밑 떨리는 긴장 너머 그 몰랑함까지
두꺼운 그늘을 알 수 있다

아버지는 언젠가

훌쩍 커 버린 아이의 두 눈 속 마지막 풍경이 되어
젖은 손으로 한 번
부드럽게 쓸어 주길 바라는 것이다

골목의 각도

허공이라도 달리겠다는 듯
오토바이 바퀴가 돌고 있다
골목 저쪽의 속도와 각도를 이기지 못해 넘어진 바퀴
바닥에 중국 음식들이 쏟아져 있다
뒤늦은 것들은 불어 터지기 마련이므로
식어 빠진 수습을 위해 길바닥에 무릎을 꿇는다
손으로 쓸어 담는 한 끼의 음식
이륜의 삶엔 언제나 돌발이 웅크리고 있다

바퀴는 사각지대를 읽지 못했다
오래전에 박살이 난 반사경, 골목의 각도는 깨져 있었다
각도를 드러내지 않는 막다른 골목의 날들
골목에서 사라지고 골목에서 쏟아져 나오는 것들
날카로운 발톱과 스산한 바람과
훅, 끼쳐 오는 지린내 섞인 밀담이 숨어 있다
욕설과 개 짖는 소리가
바퀴를 세차게 감았다가 튕겨 나간다
그 순간에도 오토바이는 헛바퀴를 돌리고 있다

불지 않는 시간을 위해 중심축을 너무 많이 사용한 오토바이

그가 올라타자 다시 성난 말이 된다
엎질러진 한 끼의 식사와 일그러진 통을 싣고 갈기를 휘날리며
골목의 각도를 돌아 나간다

가드레일

가드레일은 사건의 경위를 정확하게 알고 있다
잘리고 뭉개진 곳곳에
그날 밤 시간과 속도와 파손의 자국들이 보존되어 있다.
먼저 공격한 것은 속도였다
그러나 가드레일은 급커브와
아찔한 높이를 숨기고 있었으므로
혐의를 벗어나기 어렵다
절벽을 끼고 도는 노란 야광 지시등을 따라
움직이지 않은 위치로 속도를 제압하는 가드레일
중앙선 넘어 전속력으로 달려오는 속도와 맞섰다
대결은 순간에 끝났다
속도와 속도의 날카로운 파열음이 공중에서 찢기고
멈출 수 없었던 것들은
가드레일 바깥으로 튕겨 나갔다.
깊이를 알 수 없는 곳으로 빠르게 추락했다
먹이를 놓치지 않는 짐승처럼
공중에 매달린 바퀴를 악착같이 물고 있던
이빨 자국이 선명하다
도로를 벗어난 속도를 상대한다는 것은
때론 이탈의 항력 쪽으로 열려 있다는 뜻이지만

속도가 없는 가드레일은 무혐의이다
생각해 보면 절벽의 가드레일은
그 밖의 절벽을 먹여 살리는
가장이기도 하다

제3부 알제리 악사

불란서 치즈

불란서 치즈에는 창문이 많다
덜그럭거리며 휘어진 먼 거리까지 발효시킨다
손이 닿을 듯 다닥다닥 붙은 건물들이
조각으로 잘리거나 방사선형으로 퍼져 나가는 불란서 치즈

카망베르산産 치즈는 오래 숙성된 집의 내력
나이테처럼 번져 나갔던 웃음이 구석구석
균사 같은 햇살 문양을 새기고 있다
창가에 놓인 제라늄,
붉고 푸른 손짓으로 구멍 숭숭한 바람을 불러들인다
뒤꿈치를 들고 걸었던 조심스런 발자국과
삐걱거리는 복도와 저녁 무렵의 산책로와 가로등 불빛
모두 집 안으로 들어와 들숨과 날숨을 내쉬고 있다
좁은 계단을 타고 올라갔을 탐스런 식욕과
사진첩 속 몇 대 선조들의
긴 수다가 구운 바게트 빵의 만찬
지워지지 않는 체취가 촉촉한 속살 사이로 층층이 배어든다

관계들이 발효 중인 집
가족들이 누룩처럼 환하게 익어 간다

오후 3시엔 마법을

지상의 동화는 쉽게 마법이 풀린다
그래서 성 안에 사는 공주와 왕자를 용서하지 못한다
이 직설 화법은 정직하다
뻐꾸기시계가 세 번 울 때 산책을 하고
여섯 번 울 때 식사를 하지 않으면 화를 내는 탓에
당신 앞에서 번번이 식욕은 끊기고
성을 나간 어른들은 돌아오지 않는다

파티가 열리는 날엔 공주와 왕자를 초대한다
선물 받은 신발이 나무 꼭대기에 매달려 있어*
맨발로 숲속을 헤매다가 벌을 받는다
말해 봐,
판타지를 잃어버리면 화가 나겠니 안 나겠니
그날 공주와 왕자는 만나지 못한다

이 이야기 끝에서
당신이 상상한 결말이 맞는다면
이미 마법이 풀린 거다

* 영화 《빅 피쉬》의 한 장면.

당근 이야기

담장은 구름산처럼 높았지. 엄마는 죽도록 일만 했고 이모들은 예쁘게 놀기만 했어. 할머니가 비를 쫓으며 화를 냈지. 얘야, 비 맞지 말라고 몇 번을 말하니? 엄마, 학교 보내주세요, 그러렴, 거긴 꿈꾸는 당근들이 많지.

엄마는 토끼에게 꿈을 줘 버렸어. 그러니까 학교엔 맛있는 당근은 없는 거야. 비에 젖은 엄마는 저녁밥을 굶었어.

엄마는 행복하려고 이모들을 제거해 버렸지. 신이 나서 큰 소리로 학교에서 배운 노래를 불렀지.

목이 쉰 엄마가 담장을 부수기 시작했어. 그런데 구름이 걷히면서 도끼가 토끼로 변한 거야. 엄마가 살벌한 토끼와 친하다니. 당근을 믿는 엄마를 이해할 수 없어.

당근 가게가 넘쳐 나는 이유를 알려 줄까? 다른 사람의 꿈에 걸려 넘어지지 않으려면 눈이 밝아야 하거든. 이제 자야 해. 동화책 마지막 페이지엔 졸음이 매달려 있잖아. 어쩌면 엄마는 꿈에 아빠를 만날지 모르겠네. 며칠째 악몽이겠군. 장님이 된 할머니는 어디로 사라진 거야?

알제리 악사

알제리 사람 기타에는 바다를 건너온 리듬이 붙어 있다 거친 바다와 잔잔한 바다의 낙차가 클수록 거리에서 보내는 시간이 검은 얼굴을 하고 있다 지하철이 지하에서 지상으로 올라갈 때마다 굽은 척추처럼 긴 곡선을 돌아가는 고음은 고국과 이국의 레일을 달린다 차창 밖으로 스치는 어느 아파트 저녁 풍경, 어디에도 없는 노랫말 같은 식탁이 가족을 거느리고 있다 흔들리는 연주에는 가족이 없다

라마단 기간에는 모든 위胃가 사라진다
오랫동안 긴 박자의 쉼표를 연주해야 한다

모자를 벗어 불규칙한 박수를 모은다
이따금 앙코르가 쌓이는 모자 안은 빈약하다
모자 안으로 모서리 잠을 무심하게 던지거나
드문드문한 박수는 모두 저음으로 잠겨 있다

복잡한 불란서 노선 같은 체류의 날들
구겨지는 금액은 숫자가 높고 낮은 금액은 모두 동전으로 굴러간다
그가 뚜껑처럼 모자를 눌러쓰고
어둑한 번지 속으로 들어간다

불란서 날씨

불란서에서는 날씨가 가방에 돌돌 말려 있다
빗방울이 떨어질 때마다 몸 하나를 완전히 펼치는 옷
자그맣게 뭉친 비옷은 일기예보 같다

가방 속에 비가 가득한 구름을 넣고 다녔다
남부로 몰려간 햇살과 북부로 몰려가는 빗줄기
날씨들이 번갈아 바캉스를 떠나는 여름, 불란서
잔뜩 찌푸린 비옷을 꺼내는 얼굴은 톡톡 빗소리를 낸다
궂은 날보다 맑은 날을 대비하는 불란서 습성
저 지루한 습도의 연대기는 멀고 아득하다

입 안에서 짜 맞추어 낸 말보다
불란서 날씨를 읽을 줄 모르는 문맹의 이방인
안개를 생산하는 공장처럼 무거운 가방들이
오슬오슬한 잿빛 하늘에 갇혀 있다

물기를 털어 내는 날씨
불란서 날씨는 다시 가방 속으로 들어간다

차스키*

대숲에 바람이 불자 가지들은
암호 같은 소리를 쏟아 낸다
놀란 새들이 흔들리는 암호에 걸리고
오랜 시간 달려온 바람은
또 하나의 풀리지 않는 매듭이 된다
대숲은 비밀을 나르는 통로이고 숙주이다
잠시 풀어진 매듭 같은, 몸의 은신처이기도 하다
마디마다 스며든 아득한 시간이
푸른 수심으로 깊어만 간다

저 매듭은 안데스산맥을 달리는 스산한 발의 사내가 가슴 깊이 간직한 키푸**를 닮았다

대숲은 오래 살아온 날들을 묶는 결승문자結繩文字
푸르렀던 소리들은 말라 죽은 대나무로 몰려가고
수직의 보폭으로 끝없이 달리고 있다
헐렁한 틈을 조여 하나의 문양이 되는 매듭처럼
단단한 봉인을 품고 달려가는 것이다
전달하지 못한 비밀의 문양들을 떨어내듯
밤새 대숲을 뛰어가는 바람

단 한 번도 풀어진 적이 없었던 시간
며칠을 달려온 어린 죽순 하나가 단단해지고 있다
이제 막, 지표면을 뚫고 나온 직선 하나가
새로 생긴 매듭을 지나는 중이다

* 차스키: 잉카제국의 통신 역할을 했던 파발꾼.

** 키푸: 다양한 굵기와 색깔의 끈에 여러 종류의 매듭을 서로 다른 위치에 만들어 정보를 기록한 것.

이월移越의 체형

백화점 간이 매대엔 보행의 다리와
우아한 팔의 포즈를 다 써 버린 가격이 널브러져 있다
빗나간 계절과 유행의 목덜미엔
몇 차례 꺾인 가격표가 달랑거린다
균일가란 서로 구겨져도 된다는 뜻일까
동선을 포기한 채 무질서하게 뒤엉겨 있다
성급한 시선이 팔목 하나를 잡아당기자
눈으로 먼저 입는 옷이 주르르 딸려 나온다
간혹 환불 없는 친절이 있듯
점원의 흥정도 눈길을 잡는 쇼윈도도 필요 없는
이월된 체형들

내 몸에 맞는 할인된 체형을 골라잡는다
몇 군데 올이 나가 있는
기형의 어깨와 등을 입는다

옷장 구석에 던져진 주름들,
창고 속 계절로 쌓이고 있다
우리 집 안방에는
아무도 집어 가지 않는 간이 매대가 있다

빈터의 뼈

앙상한 뼈만 남은 고래 한 마리 빈 들판에 서 있다

더운 계절이 지붕째 날아가고 없는 비닐하우스 철골에 누더기 같은 비닐이 붙어 있다 태풍이 걷어 간 가죽은 어느 빈 들판을 펄럭거리며 날아다니고 있을 것이다 훈훈한 물방울이 차올랐던 안쪽에는 철 지난 방울토마토가 붉은 열매를 달고 있고 입구 쪽엔 꽃들이 시들어 가는 중이다

고래의 뼈가 빈 들판을 지키고 있다 저쪽 너머 바다가 있을까 활처럼 휘어진 등뼈 사이로 시든 꽃이 새우 떼처럼 밀려온다 꽃들이 몰려간 문처럼 바다 밑, 잠영의 순간에 삼킨 멸치 떼들은 어디로 갔을까 난파된 시간이 헐벗은 가을을 지나는 동안 계절은 좀 더 어둑한 쪽으로 유영하고 있다

어떤 계절에도 안주하지 못한 고래가 여전히
살아 있다는 듯 꼬리지느러미를 덜컹거리자
고래 배 속으로
가을 풀씨들이 몰려 들어간다

모가지의 맛

모가지를 비틀어야 열리는
봉지 커피는 내장이 쏟아 내는 비율의 맛
익숙한 습관이 점선으로 박혀 있어
매끈하게 뜯긴 중독이
하루 종일 혀끝에 매달려 있다
열려야 알 수 있는 맛들은
모가지를 꺾기고도
반나절 버틴 후 시들어 가는 꽃봉오리처럼
줄기와 열매의 맛이 모가지로 몰려 있다

목은 팔부 능선이다
몸의 팔 할이 잠겨도 죽지 않지만
모가지를 넘어가면 익사가 된다
또 목은 몸 중에서 가장 느슨한 부위,
얼마나 손쉽고 가까운 거리인가
그러나 빳빳한 고집에 대한 배려처럼
어느 목이든 여러 개의 점선이 있다

이따금 점선이 단번에 잘리지 않아 성가시다
매끄러운 집착은 없는 것일까

흔들리는 배합이 몇 개의 맛으로
시든 오후를 바짝 당긴다
중독이란 무게중심이 기울어지지 않는 아슬아슬한 배합
여전히 모가지 잡혀 중독의 날들이다

빗소리를 남겨 두고

빗소리를 밖에 두고 잠이 들었다
부푼 기압처럼 뼈들이
몸 안을 싫증 내듯 돌아다닌다.

떠다니던 잠이 퉁퉁 불어 올라 나란히 베개를 베고 눕는다
발끝을 세우고 창문으로 드는 빗소리, 잠든 몸은 잠겨 있고
이따금 흔들리는 나뭇잎들 어디선가 선명한 주름들을 적시고 있다 적시는 것이 아니라 젖어 드는 바람은 그 한 뼘 차이를 빨래 널듯 탈탈 털어 말린다

비 내리는 밤, 꿈속으로 들어온 세상은 어디서 많이 본 듯한 예고편 같다 국수발처럼 내리는 비, 누군가의 굴절된 꿈도 환하게 펴지고 있을 것이다

호우주의보도 저기압 전선도 모두 잠 밖의 일로 두고 온 아침이다
넘친 헛소리들로 눅눅한 잠자리
지금쯤 꿈속은 수위가 넘쳐 모두 바짓단을 접고 있을 것 같고

조용한 가계

어디서 굴러온 돌일까 체기에서 굴러왔을지도 모르는 돌, 돌이 멈춘 그곳이 몸의 낮고 외진 곳일까? 굴러온 돌이 자리를 잡고 심지어 살아 있었다 유전하는 식성과 게으른 습관을 먹고 자라 의사의 진단서 밖으로 나온 돌들 아버지와 남동생과 나는 돌을 빼냈지만 어머니는 자꾸 옆구리를 쓰다듬는다

돌의 무게를 덜어 낸 집 안 구석구석 가벼운 웃음이 굴러다닌다 딱딱한 불안을 깨뜨리지 못하고 쌓인 말들 몸 안의 어느 귀퉁이가 돌로 굳어지는 것일까

아버지와 나와 남동생이 옆구리 한 귀퉁이를 비워 낸 후 묵직한 통증과 가벼운 웃음이 수시로 충돌하고 예민해진 코가 사사건건 서로를 걸고넘어졌다

어디를 눌러 놓았던 돌일까? 가끔 알 수 없는 곳이 팔딱거린다

돌 구르는 소리가 평지에 다다를 때까지 부쩍 웃음과 손짓이 많아진 엄마, 앞으로 엄마의 무게로 가벼워질 우리 집, 가장 부드러운 모래로 부서질 것이다

달을 끄기로 했다

버스를 타고 가는 중이었다
무심히 달을 올려다보고 있었는데
라디오에서 달, 하는 소리가 들렸다
순간, 나는 구름 속 달을 콕, 집어내고
라디오가 앞뒤 문장을 잘라 낸 달을 송출하자
버스는 주파수를 맞추느라
몇 번씩 출입문을 열고 닫았다

버스가 급정거할 때마다
달이 늘어졌다가 팽팽해지더니
결국, 깜빡거리기 시작했다
나는 달이 빠져나간 어둠을 짜 맞추는데
문득, 먹통인 그녀의 커피 잔에 달을 풀어 놓고 싶었다
버스가 덜컹대며 어지러운 생각을 휘휘 저었다
나는 끊어진 퓨즈처럼 앞이 깜깜했고
라디오는 조금 전보다 잡음이 심해졌다
몇 개의 달을 태운 버스는
통째로 교통 체증에 갇혀 버렸다

달을 끄기로 했다

희미한 가로등 불빛 같은 그녀의 말이 선명해졌다

다시 버스가 달린다
정류장마다 달을 켠다

단맛에 빠지다

입에서 당겨 자꾸 생각나는 단맛은
뒷맛이 깔끔해서 이별하는 날 딱, 좋다
진저리 쳐질수록 더 좋다

커피는 원두의 단맛에 따라 등급과 추출 방식을 나누고
미혹과 중독을 적극적으로 변명한다

케이크나, 초콜릿, 캔디처럼 사랑을 주고받는 것들은
혀 앞쪽 단맛 위치처럼
편의점 앞자리를 차지하지만
변심이나 증오에 흔들리기 쉬운 탓에
신을 처음 배반한 맛이기도 하다

그러나 신이 그중에 제일이라 한 말씀에 가장 가까워
단맛은
세상에 하나밖에 없는 위로이다

단내 풍기는 하루를 보내고
쓴맛과 짠맛을 이야기하기 위해
다시 단맛으로 돌아가는 이유이다

제4부 천국은 낮다

나의 수리학

몇 센티의 머리를 자르며 까탈을 부리는 눈높이를 맞추고 한 스푼 두 스푼 커피의 양을 조절하며 그날의 입맛을 밀고 당긴다

점수를 매기는 일상의 것들, 몇 평에 살고 연봉이 얼마인지 키와 몸무게 물가 지수 점수로 가득한 이력서 높은 숫자 외엔 모두 변명에 지나지 않는다

자칫 모호하기 쉬운 숫자의 경계, 눈금은 있지만 눈으로 잴 수 없는 숫자가 있다 내겐 이 프로 부족하다고 너그러운 자학을, 당신에게 주관적인 박한 점수를 준다

백 점에서 뺀 점수만큼 당신과 나의 관계는 흔들린다 정확한 잔돈을 돌려받을 때 머리가 회전하는 나는 당신과 나 사이 쓰고 남은 잔돈만큼 눈치가 빠르고 얄팍하다

나의 수리학은 정직한 자신의 나이를 의심한다 정해진 자신의 눈금을 뒤뚱거리며 걸어가고 있다

천국은 낮다

오래된 빌라일수록 천국은 낮다
가장 무거운 심정을 끌고
가장 높은 곳으로 오르는 여자가 천국의 문을 잠근다
닫혀 있는 여자는 무겁다
무거운 것은 빠르게 떨어질 수 있다

여자가 매일 한 일은
일 층부터 오 층까지 계단을 지우는 것이었다
길을 잃어버린 하강의 걸음은 굳은 결심이다
아래로 던져지는 것들이 하나씩 늘어 갈 때마다 여자는
한 계단씩 위로 올라간다
지나가는 아이들의 웃음이 옥상까지 튀어 오른다
한때 옥상 귀퉁이 텃밭에 재잘거렸던 파릇한 소리
더는 낡고 비좁은 계단으로 올라오지 않는다
여자가 구멍 난 샌드백을 툭, 건드리자
낡은 시간으로 남은 무딘 주먹이 흔들거린다

유효기간이 지난 것들은 모두 천국으로 올라온다
속도가 녹슨 자전거와 멈춰 선 러닝 머신이
빌라의 천국에서 가속의 시간을 돌리고 있다

>

여자가 아래를 내려다본다

여자의 눈빛이 아찔한 추락 끝에 달려 있다

혼자 중얼거리는 말들을 한풀 꺾인 더위가 녹취를 한다

가장 낮은 곳이 가장 높은 천국이 되기도 한다

그동안

콘센트를 꽂고 뺄 '그동안'
아침이 오고 비가 내리고 캄캄한 이별이 온다

나무의 그동안이 빛과 어둠이라면
벼락 맞은 나무는 단 한 번 치명상을 입고 멈춰 선
섬광의 순간이 전 생애이다

나무가 태어났다 죽는 순서로 콘센트를 이해한다
고요로 시작해서 고요로 끝나는 콘센트는
스파크가 튀거나, 눈물 어린 누전엔
눈과 귀가 없다 그동안
비로소와 마침내를 나무의 생각으로 묶을 수 있다

단 한 번의 경험이 모두 치명상이 아니듯
콘센트가 전구를 켤 때 눈부심처럼
벼락 맞은 나무는 국지적으로 푸른 가지를 피울 수 있다

사랑은 벼락 맞은 나무처럼
죽을 것 같은 절정의 감정이지만
평생 파란 분노가 매달린 극과 극을 방전하며 흘러간다

어쩌면 절연은
손가락 하나로 돌아오는 길을 지워 버릴지 모른다

나무의 관용을 익힌 듯
그동안 콘센트는 숙연하다

심장의 덧붙임 말

찻잔 손잡이는 반쪽 하트이다
그러니까 찻잔 안에는 다른 반쪽이 감춰져 있는 거다
늘 애타게 찾으면서, 두 손으로 감싸 쥐고
목숨을 걸겠다 맹세하면서도
그 목숨이 가까이 있다는 것을 깨닫지 못할 뿐이다
차 한 잔에 담긴 서로 다른 온도는
침묵이 소복한 안쪽과 너무 깊어 손끝이 떨려 오는 바깥,
두 개의 공간이 체온과 같아지며
심장을 데우는 데 걸리는 시간
식어 버린 말들이 화해처럼 오가는 동안
두 동강 난 하트는 점점 뜨거워지고
한 모금 온기를 들이켤 때마다
당신과 나의 심장이 녹아들어
반쯤 잠겨 찰랑거리는 순간 심호흡 한 번,
삶은 좀 더 짠맛으로 기울어 가고
가라앉지 않는 파문이 투명해질 때까지
누군가의 생애를 부지런히 젓고 있다

빈 잔을 내려놓고 민낯 같은 바닥 드러나면
비로소 당신의 중심이 보인다

헤라클레스는 출정 중

국립 중앙 도서관 청구기호 219.21－그 753ㄱ서
지금 헤라클레스는 대출 중이다
무보수 용병으로 전쟁터를 누비고 있다
돈도 배경도 스펙도 없는 고용주가
세상을 향해 과녁을 조준하고 있다
사자와 뱀과 권력을 때려잡았던 헤라클레스의 괴력을 빌려
가혹한 시련을 맨몸으로 정복하는
불멸의 신화를 쓰려 한다
아직도 헤라클레스를 돌려보내지 못한 것을 보면
불투명한 오늘과 대치 상태가 길어지는 것 같다
뜻밖의 복병에 발목이 잡혀 반납 기한을 넘겨도
벽 높은 취업 전선에 좌절 금지
현실과 타협한 취업 가이드 추종 금지
신의 아들이라는 특권 차용 금지
연체된 시간이 밀려올수록 만일의 사태를 위해
전승 업적을 점검하는 헤라클레스
위대한 12개의 과업*을 전송한다
정독의 시간이 쌓일수록
열람자의 내일이 보이기 시작한다

* 12개의 과업: 헤라클레스가 불사의 생명을 얻기 위해 달성한 12개의 노역.

검정 머리 고무줄

바닥으로 뭔가 툭, 떨어진다
꿈틀거려서 벌레인 줄 알고 뒷걸음쳤는데 머리 고무줄이다
며칠 전부터 머리카락이 삐져나와
두세 번 더 돌려야 겨우 묶을 수 있었다
스르르 내게서 풀려나가 버린 고리가
몸을 잔뜩 사리고 있다

고무줄을 줍는데 의외로 맥없이 풀려 버린다
영락없이 죽은 벌레다

병실의 긴장은 팽팽하지만 어머니와 나 사이가 헐겁다

이제 찌그러진 원은 나와 화목하지 못한다
살갗이 일어나도록 잔머리까지 홀쳐맬 수 있었던
어머니와 나의 탄성을 흔들어 깨워 봐야겠다
자세히 보니
터지고 늘어진 고무줄 틈새마다 머리카락 몇 올이 칭칭 감겨 있다
살점을 헤집고 깊숙이 박혀 있어
떼어 내려 해도 놔주지 않는다

>

어머니는 생살 찢기고 비틀어진 몸 하나를
이음새 없이 풀어내고 있다
밀고 당기는 시간은 어느 정도 예정되었지만
올 하나하나 얽히고설킨 시간이 삭아 내릴 때까지
저, 악착같은 동그라미는
아무리 당겨도 죽지 않을 것이다

흔들리는 주소

우편함에 거주자님에게, 라는 편지가 와 있다
나를 지정하지 않았지만
내 집 주소가 분명하므로 누구도 손댈 수 없다
발송인을 보면 어떤 내용인지 짐작이 간다
안 봐도 상관없고 보면 더 좋다는, 불특정 다수의 공식
대놓고 드러내는 저의를 처리하는 것도 내 몫이다

반송함에 넣으려다 주춤한다
며칠 전, 바람에 나부끼는 라일락꽃을 봤다
절정을 감탄하지만
공유를 질투하지 않는 것처럼
그 누구도 흔들리는 주소와 수취인을 의심하지 않는다
바람은 낱낱의 꽃송이를 헤아릴 필요 없다는 듯
라일락 가지를 흔들어 한 개의 아름다움으로 결속한다
내가 가지 끝 주소에 닿는 순간
나와 라일락은 개별적으로 무척 돈독해서
라일락의 아름다움은 오롯이
나 혼자만의 것이다

반송함의 모호한 저의를 묵살한다

내 이름은 없지만

내 주소가 맞다

조심스럽게 겉봉을 뜯는다

가구를 변명하다

나무의 주소를 몸에 새기고 있는 가구들은
붉고 푸른 표정으로 그들만의 리그를 펼친다
표정 없이 표정을 얻는 불편한 동거이다

동선의 단위는 직선과 곡선이지만
모서리와 힘겨루기에서 번번이 밀려나고 만다
가파른 경사 때문에
일조량이나 공간의 조건은 미끄러지기 쉽고,
아무리 골 깊은 수름이라도
닳고 닳은 둥근 변명에 불과하다

오히려 재빠르게 몸을 껴 맞추는 틈새가 우호적이다
방향과 구조를 결정하는 합리적 증거이므로
가구의 배치는 계절마다 흔들린다

침대는 바닥과 각을 세우지 않는다
낡은 습관처럼 무너져 내리는 스프링 탓에
벽으로 밀어붙이는 가구의 높이와 크기엔 무관하다

늙은 가구는 고정 관념처럼 완강하다

물러서지 않는 고집이 굳어지기 전까지
뼈에 와닿는 관계도 윤이 나는 경우가 더러 있다
돌출을 모서리의 반전이나 타협쯤으로 넘겨 버리는 건
가구에 대한 모독이다

가구는 움푹 팬 모독을 지우는 중이다
푸른 멍이 갈수록 싱싱하다

무릎의 시간

노을이 끓는 육인용 병실

사과처럼 벌건 무릎들이 올망졸망 누워 있다

길게 찢긴 상처 위로 멀고 험했던 길들이 보인다

덕지덕지 붙어 있던 파스 냄새 아직도 흥건하다

엉금엉금 기어 온 곪아 터진 무릎들이 쏟아 내는 이야기에

콕콕 쑤시는 통증이 묻어 있다

시장통 좌판과 긴 밭고랑과

자식을 대신해 꿇었던 무릎들이 있던 자리에

새 무릎이 사과처럼 익어 가고 있다

시큼시큼 울고 싶은 통증

누군가 한 입 베어 문 것처럼 욱신거리는 긴 밤

가는 신음들이 씨앗처럼 여물고 있다

한동안 가시밭길일 것이고

말랑말랑한 진통제가 시간 맞춰 몸속으로 들어오고

뻣뻣한 직선들이 조여드는 흉터를 덮고

치마의 밑단이 길어질 것이다

굽은 허리와 효도 신발과 다시 구부러져야 하는 각도가 달라붙고 있는 무릎의 시간

천천히 아주 천천히 아픈 시간들이 빠져나가는
정형외과 병실
아팠던 자리에 새로운 아픔이 들어
서로 낯익히며 섞이고 있다

코를 걸다

그가 코를 곤다 깊은 어둠과 수면을 잡아당겨 코바늘 뜨개질하듯 코를 건다 뒤척일 때마다 아직도 귀가하지 못하고 찬바람 부는 벌판을 서성이는지 포장마차에서 마지막 잔을 들이켜지 않고 두고 왔는지 올이 풀린 잠꼬대가 횡설수설한다

그가 낯선 도안을 지나고 있다 군데군데 빠트린 코를 찾기 위해 성긴 올 사이사이를 되짚고 있는 것일까 손사래를 치며 어느 코를 걸어야 할지 궁리 중일지 모른다 나의 볼멘소리는 어떤 기호로 뭉쳐져 있을까

구부러진 코 하나에 모든 것을 걸었던 시간들, 불규칙한 호흡으로 짜 가는 내일의 문양이 아슬아슬하다 옆자리의 불면은 뜨개질 어느 부위에서 나가지도 끼어들지도 못하고 툭, 불거져 있을까

두 코를 한꺼번에 걸어도 지름길이 될 수 없듯 헝클어졌던 코가 갑자기 줄어들고 또 늘어 도안에 없는 매듭으로 마무리한다

>

그의 수면은 평평해졌지만 나의 불면이 그의 코에 걸려 있다

순방*

햇빛과 달빛이 품에 넘쳐도 흘리지 않는
작고 동그란 우주, 순방은 고향의 샘물입니다
싸리비질 투명한 햇살로 오는 아침은 아낌없이 주면서
무너지지 않는 깊이, 산처럼 지키는 시간입니다
사립문에 소복한 별을 씻는 밤마다 푸른 이끼
세월 삭히며 비켜 눕습니다
길 없는 곳에 반딧불 초롱 점 점 날리면
길 잃은 그리움이 먼저 알고 달려옵니다

추억을 파랑처럼 일으키며 사람을 가두는
순방은 울타리가 없습니다
물 한 동이 퍼내고 나를 내려놓습니다
내 자식의 자식이 길 잃은 날,
나처럼 서늘한 회초리 하나 순방에서 건지겠지요
순방 빨래터의 알알한 웃음과 방망이 소리는
등판처럼 납작한 돌 위에 나를 두들겨
몇 번이나 헹구는 일입니다

순방은 첫 새벽을 담은 정화수입니다.

* 순방: 경북 포항시 연일읍 원골에 있는 샘물 이름.

정독하는 목

목은 나를 읽기 위해 다리가 되곤 한다
구부리는 각도가 클수록 저 은밀한 독서는
행간이 좁고 깊어 여간 조심하지 않으면
말줄임표로 사라지고 만다
난간조차 없이 팽팽한
하얀 목덜미를 휘감아 도는 바람 탓에
시선 몇 장이 한꺼번에 넘어가 버려 오독 시비가 잦다
그럴 때마다 초점이 흔들린 나머지 난독만 깊어진다
잔뜩 움츠렸다가 두리번거리며 기회를 엿보는 목은
수많은 혈이 지나므로 처세술의 목록엔 아예 없다
딱딱하게 굳은 곳마다 파스 중독을 앓아서
부드러운 마사지로 해독될지 모르겠지만
퇴행하는 목은 돌아올 수 없는 다리를 건너는 중이다
고개를 젖혀 하늘을 바라보면
세상은 눈시울 먹먹한 습독**에 빠져 있다
그늘이 놓쳐 버린 사각지대엔 압점이 몰려 있어
손가락 끝 점자만 부지런히 통독 중이다

** 습독: 축축할 습濕.

해 설

목양牧羊의 마음, 혹은 목언牧言자의 고백

임지훈(문학평론가)

'시詩'를 쓴다는 것은 무엇인가. 그것은 대리석을 빌려 사람의 몸을 빚어내는 일에 비유될 수 있는가? 하얀 캔버스에 풍경을 그려 내고, 수많은 색으로 채색하는 일에 비유될 수 있는가? 아닐 것이다. 그것은 대리석과 하얀 캔버스의 차이보다, 다른 예술 형식의 매질媒質 간의 차이보다 언어 자체에 내재된 차이가 크기 때문이다. 하나의 매질이 동일한 저항과 마찰을 갖는 것과 달리 언어는 그것을 부리는 자와 읽는 자의 사이에서 무수히 많은 차이를 생성한다.

어쩌면 이것이 바벨탑이 무너진 이래 다른 언어 속에 놓여 버린 인간의 풍경일 것인데, 이는 인간 존재가 서로를 완전히 이해할 수 없게 만드는 비극의 시초이면서 동시에 '시'라는 형식이 미학적으로 기능할 수 있게 해 주는 근거

이기도 하다는 점에서 다른 예술의 매질과 유의미한 차이를 전제한다. 그러므로 '시'를 쓰는 자란, 다른 예술 형식에 따른 매질을 다루는 자와는 다소간의 차이를 갖는다. 매질이 갖는 특성을 충분히 고려하면서도, 그것에 마냥 이끌려 다녀서는 안 되며 동시에 언어가 가진 고유한 행로로부터 완전히 이탈할 수도 없다. 때문에 시인은 언어를 오래도록 바라보는 자라는 공통점을 가지면서, 그와 같은 언어를 어떻게 다룰 것이냐에 있어 각기 다른 개성을 표출한다. 그리고 이는 언어를 다룸에 있어 다른 예술 형식과는 호환될 수 없는 독특한 태도를 산출하는 것이 가능하다는 이야기이기도 하다.

이와 같은 일반론을 먼저 이야기하는 까닭은, 오늘 우리가 마주하게 된 오서윤이라는 시인의 특징이 소재적인 측면이 아닌 언어의 운용에 있음을 이야기하기 위함이며, 그와 같은 언어의 운용이 다른 예술 형식의 매질에 대한 태도와는 호환될 수 없는 고유성을 내포하고 있기 때문이다. 잠시 에둘러 말하자면, 그녀의 시는 일상적 순간 속에서 시적 대상을 올곧이 바라보며, 대상에 숨겨진 말의 주름을 펼쳐 내어 역사화시키는 언어이다. 이때 역사화한다는 말은 대상을 거창하게 포장한다는 말이 아니라, 우리가 흔히 지나치는 자그마한 순간을 시적 언어로 승인해 내는 작업을 가리킨다. 이는 오서윤의 시적 언어가 생의 미미微微한 편린 속에 숨겨진 미미하지 않음을 견인하는 시각을 갖추고 있다는 의미이면서, 그에 대한 시선을 손쉽게 거두지 않고 끝까지 견지함으로써 미학적 진실을 피워 올리는 지속력 또한 갖추고 있다는 의미이다. 서정의 형식을 빌려 단지 단어와 술어를 바꿀 뿐인 소재주의적인 작품의 범람 속에서 오서윤이 보여 주는 시적 행로는 이례적이라 할 만큼 정통파에 가깝다. 그리고 이 오서독스orthodox한 시인의 행로는 우리에게 서정이 가진 힘의 본령이 대상에 대한 오랜 주시로부터 출발한다는 진실을 마주하게 만든다.

이는 이 이야기의 핵심인 오서윤 시인이 가진 문체의 특징과도 상통한다. 그녀는 헛된 수사를 배격함으로써, 시의 언어가 시인의 언어적 공력을 자랑하는 자리가 아님을 선언한다. 우리는 이 지점에 대해 생각해 볼 필요가 있는데, 대상을 표현하기 위한 언어가 스스로를 치장함에 골몰하는 순간 언어는 대상 자체의 단독적인 면모를 드러내긴커녕 스스로의 권능에 도취되어, 수식을 위한 수사와 술어의 불필요한 범람 속에 빠지고 말기 때문이다. 분명 '시詩'는 언어를 고도로 활용하는 예술이다. 하지만 시인은 언어를 부리는 자이지, 언어에 부림당하는 자가 아니다. 이러한 측면에서 오서윤의 시적 언어는 그것에 부림당하는 자의 것이 아니라, 능숙하게 언어를 부리는 자의 것이다. 그녀는 언어가 대상에 닿을 수 있도록 미미한 길을 터 주는 '목양牧羊'의 언어, '목언牧言'의 언어의 소유자라 하는 것도 좋을 것이다.

그렇다면 그녀의 시는 무엇을 위해 축조되는가. 그것은 사회의 속도 속에서 우리의 시야 밖으로 벗어나 버린, 그러나 진실로는 여전히 우리의 삶을 구성하고 있는 작은 것들이다. 그런 의미에서 오서윤의 시는 일종의 장소성을 지니고 있다 할 수 있는데, 이는 그녀의 시가 자신의 능수능란한 언어적 재능을 뽐내기 위한 자리가 아니라 이 작고 소중한 존재를 위해 언어로 지어 낸 신전이라는 점에서 그러하다. 헛된 수사나 불필요한 비유들이 엄격하게 배격된 그녀의 순수한 언어는 바로 이 신전을 구성하는 자재인 셈이며, 동시에 언어가 대상을 통해 살아갈 수 있도록 틀 지어 주는 서정의 형식이라 할 수 있다. 그리고 그 방식이란 언어를 과격하게 운용하는 것이 아니라 자연스레 자신의 자리를 찾아갈 수 있도록 대상을 오래 주시하는 것으로부터 시작되기에 오서독스하다고 할 수 있을 것이다.

오서윤의 이 엄정한 시적 언어는 그녀가 오래도록 바라본 대상의 자태를 있는 그대로 우리의 눈앞에 모셔 낸다. 어떠한 미감도 덧붙여지지 않은 대상의 모습은 대개의 경우 단순화된 명사의 형태로 제시되는데, 이는 우리의 일상에서 감각되는 인상과 크게 다르지 않다. 그러나 대상의 심원을 향해 멈추지 않고 나아가는 시인의 올곧은 눈을 통과하며, 우리는 시의 결구에 이르러 대상에 숨겨진 미약하지만 진실된 빛을 목도하게 된다. 어떠한 눈속임도 없기에 오히려 심원하게 느껴지는 이 언어적 능력이 바로 오서윤의 시가 지닌 시적 승인의 진실이다. 이때 최초의 시어로 표현된 대상과 결구에 이르러 표현된 대상은 언어적 차원에 있어 어떠한 차이도 존재하지 않는다. 엄밀하게 말해 보아도 둘은 같은 대상이며, 그 사이에는 어떠한 차이도 존재하지 않는 것처럼 느껴진다. 그럼에도 우리가 결구에 이르러 그 최초의 대상으로부터 다른 차원의 경외감을 갖게 되는 것은 왜인가. 그것은, 오서윤의 시적 언어가 동일한 대상으로부터 차이를 발견해 내는 그 방식에 존재한다. 어쩌면 그것은 시인의 말을 빌리자면 대상에 숨겨진 틈을 발견하는 일일 것이며, 자신의 시선이 그 틈을 통과하며 여러 시간을 덧입게 되는 것이라고도 할 수 있을 것이다.

기도실 밖에 황철나무 한 그루 서 있다
황철나무는 몸이 틈이다
들어왔던 봄이 가을로 나와
주변의 배경이 되어 겨울로 선다
콘크리트 바닥에 나무 한 그루를 키웠던 햇살이
건조한 벽 사이로 한 계절을 다시 들여보내고 있다
경계점이 된 나무 한 그루는
저 틈과 같은 어두운 색을 지녔을 것이다
비좁은 틈으로 쏟아 내는 호흡이 뜨겁다
완강한 몸을 쪼개고 뼈를 부수고
틈 사이로 햇살을 밀어 넣은 뚝심
어둠 속에서 살짝 하얀 치아가 드러난다
빗살무늬의 날카로운 균열을 수습하는 것은
어둠을 잡아 앉힌 의자들이다

낯선 타인의 혓바닥 같기도 손가락 같기도 한 일별의 빛,
어두운 기도실을 환하게 비추고 있다

기도의 끝 문장처럼 길게 들어온 빛이
다시 황철나무에게 돌아가고 있다
저처럼 간절한 빛을 본 적 없다

—「간절한 틈」 전문

거대하고도 육중한 황철나무의 모습을 견고한 언어를 통해 표현한 부제처럼, 위의 시에서 화자는 빛의 동선을 따라 시적 공간에 배치된 사물의 모습을 그려 낸다. 최초 황철나무를 향해 쏘아진 빛은 나무의 몸에 새겨진 '틈'을 따라 갈라지고 쪼개져 주변 사물로 흩어지며 시적 공간에 아로새겨진 시간의 깊이를 셈한다. 이와 같은 셈을 가능하게 하는 것이 바로 "황철나무"가 몸에 새긴 무수히 많은 '틈'이며, 이와 같은 '틈'이 나무가 생장 속에서 겪어 낸 시간의 경로임을 시인은 오랜 주시를 통해 포착해 내고 있다. 그러한 포착이 있기에 시인은 자신의 언어를 적확한 자리로 안배할 수 있는 것이며, 이는 시인이 가진 고도의 언어적 경제성의 원리를 엿볼 수 있게 해 준다. 이때의 경제성은 단지 언어의 양과 정보량의 비례 관계에 대한 설명이 아니라 한 존재의 생장이 무수히 많은 균열을 내포하고 있으며, 그 균열의 수만큼의 혹은 그 이상의 흔들림을 겪어 낸 것임을 직관적으로 말하는 능력을 가리키며, 그와 같은 생의 견딤이 자신의 주

변을 향한 빛의 산란을 가능하게 만드는 것임을 가장 순수한 언어로 말할 수 있게 해 주는 시적 역능力能을 가리킨다.

여기에서 지적하고 싶은 것은 이와 같은 대상에 대한 시적 묘사와 진술로부터, 오서윤의 언어가 한 걸음을 더 내딛고 있다는 점이다. 무릇 대상에 대해 적확하고 진실된 언어로 표현하는 일군의 시인들 가운데에서도 그녀의 시선과 언어가 가진 고유한 개성이란 바로, 대상을 통과한 자신의 시선과 언어들이 그것을 가능케 했던 대상에게도 다시금 되돌아간다는 점이다. 원점으로의 회귀라 할 수 있는 이 시적 운동을 위의 시에서 가늠해 보자면 그것은 최초의 황철나무를 향해 그 빛의 궤적을 다시금 인도하는 일이며, 그것은 빛과 시간의 동선을 통해 다시금 대상을 바라보며 그 의미를 셈하는 일이다. 이때 빛의 끝자락에 위치한 "황철나무"는 별다른 수식도 없이 최초의 모습 그대로 그 자리에 놓여 있지만, 이 최초의 존재는 더는 우리에게 시의 초반부와 같은 의미를 지니지 않는다. 최초의 "황철나무"와 지금 우리 앞에 놓인 "황철나무"는 그 동일성에도 불구하고 최소한의 차이를 내포하게 된 것이다. 둘은 분명 동일한 대상이지만, 우리는 빛을 인도하는 시적 언어의 궤적을 따라 그 속에 가둬진 시간의 흐름과 그 속에 내포된 존재의 흔들림을 짧지만 강렬하게 경험하였으며, 그 단단한 이면에 감춰진 "뼈"의 사투가 어떻게 존재와 그것의 주변을 환히 비추는가를 알게 되었기 때문이다.

선운사 마당엔
휘어진 저녁이 저물고
동백꽃 잎 저무는 누각엔
낮은 말들이 마주 보고 있다
휘어지고 뒤틀린 바람은 이곳 찻잔에 와서 소멸한다
곧았던 것들이 휘어진다면
그것도 뒤틀린 방향이 아닐까
누군가 휘어진 아지랑이를
시주하고 갔을지도 모르지만
경내에서는 바람 배치도를 본 것도 같다

사람만큼 독한 바람이 있을까
앉아서 잠잠한 뒤꿈치가 까칠하다
만세루의 전생도 가시였을까
겹겹의 굽이를 돌아 나온 서까래와 기둥
순한 맨살이 무릎 꿇은 찻상을 마주한다
뒤꿈치가 닿는 곳마다 저녁이 붉다

잔을 비우고도 자리를 뜨지 못하는
합장하는 사람들 모두 한 채의 누각이다
가장 뒤틀린 바람이 머물다 간 경내
돌아 나가는 풍경들
그림자들은 휘어지거나 풀어지거나

—「선운사 만세루」 전문

선운사의 풍경을 소재로 담고 있는 위의 시에서도 이와 같은 시인의 언어는 마찬가지로 발휘된다. 고요하고 경건한 선운사의 풍경에 가없는 정서가 기이하게 깃들어 있는 까닭은 시인의 시선이 선운사를 오고 간 인간의 역사를 그곳에 흐르는 바람의 결을 따라 감각해 내고 있기 때문이다. 우리가 흔히 생각하는 절의 풍경이란 생각해 보자면 그와 같은 장소가 지닌 겉감에 지나지 않는다. 하나의 종교적 풍경이란 곧 인간 존재가 가진 고독과 불안의 융해融解의 장소이기도 했음을 떠올려 보자면, 그와 같은 풍경이 지닌 고요란 수많은 감정의 결 위에 엳게 내려진 살얼음에 지나지 않는다. 시인이 그와 같은 고요의 살얼음을 뚫고, 그 속에 내재된 인간 감성의 역사를 바람의 길을 따라 되짚어 내는 것은 앞서 말한 시인의 오랜 주시의 결과라 할 수 있다. 때문에 위의 시에는 우리가 으레 그 소재로 인해 기대하게 되는 야트막한 치유와 회복의 정서가 존재하지 않으며, 그 속에는 인간의 실존에 대한 가없는 마음이 담겨져 있음을 어렵지 않게 읽어 낼 수 있다. 그러한 관점에서 바라보자면 앞서의 시편에서 '빛'의 길을 따라 인도되던 시인의 시선과 언어가 이 시에서는 선운사를 감도는 바람의 길을 따라 인도되고 있음을 알 수 있을 것이다.

이처럼 '빛'을 따라, '바람'을 따라 인도되는 시선과 언어란 우리를 앞서 논의되었던 '목언牧言'이라는 감각으로 다시금 이끈다. 오랜 주시 속에서 과격한 언어를 통해 대상을 해부하는 대신, 대상에 새겨진 틈과 흔들림을 오래 바라보며 그 길을 따라 언어를 인도하는 그녀의 역능으로 말이다. 동일한 대상을 다르게 말하고자, 혹은 그저 새롭게 말하고자 고집스레 달음질치는 것이 아니라 대상을 같은 높이에서 오래 바라봄으로써 대상의 양면을 관찰하며 그 속에 새겨진 시간을 풀어내는 언어. 그러한 언어이기에 역설적이게도 우리는 오서윤의 시를 읽으며 대상의 새로운 차원을 목도할 수 있게 되는 것이며, 동일한 대상 사이에 새겨진 시간의 깊이를 가늠함으로써 우리의 눈을 씻어 내리는 일 또한 가능해지는 것이다. 이 말은, 오서윤이라는 시인이 변화시키는 것은 대상이 아니라 그것을 바라보는 우리의 시선임을 의미한다. 예컨대, 대상은 그것의 자리에, 자신의 존재 양태를 고스란히 보존하면서 그것을 바라보는 우리의 시선을 새로운 사유의 지평으로 인도해 내는 것. 그것이 바로 오서윤의 시적 언어가 지닌 역능의 일면이다.

이와 같은 시인의 언어는 우리가 신을 모시는 방법과 많은 부분에서 유사성을 지닌다. 헐벗고 갈라진 몸으로 높은 곳에 매달린 앙상한 신의 모습은 우리가 그를 처음 보았을 때에도, 그리고 어떤 경외감을 갖고 바라보는 지금에도 아무런 차이가 존재하지 않는다. 그 사이에 존재하는 차이란 신의 벗겨지고 갈라진 몸에 새겨진 시간의 흔적에 대한 우리의 앎이며, 대상에 대한 경외심은 우리의 그러한 앎으로부터 파생된다. 이는 오서윤의 시적 언어가 지닌 승인의 능력과 같다. 달라진 것은 대상이 아니라 대상을 바라보는 우리의 눈이며, 오서윤의 시적 언어가 거듭 추구하는 것이란 바로 대상에 대한 우리의 시선 속에 하나의 틈을 새겨 넣는 일인 셈이다. 그러한 의미에서 동일한 대상이 다르게 감각되는 이 시적 사건은, 오서윤의 시적 언어가 발생시키는 언어적 사건이면서 동시에 우리의 인식적 능력을 변화시키는 빛의 순간이다. 우리가 오서윤의 시를 통과하여 다시금 낯익고 미미한 것들을 바라볼 때, 우리는 비로소 그 자리에 오래도록 기거해 온 작은 신이 있었음을 발견할 수 있게 될 것이다. 그것이 바로 '목양牧羊'의 마음, '목언牧言'자의 고백이다.